Tha an leabhar seo le:

_____

Do dh'Anna, airson do thaic agus cuideachadh bho thùs gu èis. Agus do Amelia agus Seòras, mo chruinnichean meanbh-bhiastagan fhìn.

A' chiad fhoillseachadh sa Bheurla am Breatainn ann an 2019 le Andersen Press Earranta,
20 Vauxhall Bridge Road, Lunnainn, SW1V 2SA, UK.
Vijverlaan 48, 3062 HL Rotterdam, Nederland.

andersenpress.co.uk

Meur de Penguin Random House, 20 Vauxhall Bridge Road, Lunnainn, SW1V 2SA, UK.
www.penguinrandomhouse.com

© an teacsa agus na dealbh Alex G Griffiths

1 3 5 7 9 8 6 4 2

Tha Alex G Griffiths a' dleasadh an còraichen moralta mar ughdar agus dealbhadar an obair seo.

A' chiad fhoillseachadh sa Ghàidhlig 2021 le Acair,
An Tosgan, Rathad Shìophoirt, Steòrnabhagh, Eilean Leòdhais HS1 2SD

info@acairbooks.com
www.acairbooks.com

© an teacsa Ghàidhlig Acair, 2021

An tionndadh Gàidhlig le Doileag NicLeòid
An dealbhachadh sa Ghàidhlig le Mairead Anna NicLeòid

Tha Acair a' faighinn taic bho Bhòrd na Gàidhlig.

Gheibhear clàr catalog CIP airson an leabhair seo ann an Leabharlann Bhreatainn.

Clò-bhuailte ann an India

LAGE/ISBN 978-1-78907-085-9

Riaghladair Carthannas na h-Alba
Carthannas Clàraichte/
Registered Charity SC047866

An Cruinniche Meanbh-bhiastagan

Alex G Griffiths

'S e an-diugh an latha as fheàrr
le Seòras san t-seachdain.
'S e Latha na Sàbaid a bh' ann,
agus bhiodh e a' dol còmhla ri
Sheanair air turas-dàna.

Air an latha sònraichte seo chaidh Seanair is Seòras gu…

Museum Fiadh-bheatha!
Ann an sin, lorg iad dìneasaran fiadhaich,

mucan-mara iongantach,

mamotaichean mòra agus
creutairean annasach den
a h-uile dath is cumadh.

SAOGHAL NAM MEANBH-BHIASTAGAN →

Siuthad, greas ort a Sheòrais

CHO MIORBHAILEACH!

Ach feuch thusa riut cha do stad Seanair a choimhead ri càil.
Bha e air bhoil airson rudeigin tur eadar-dhealaichte…

Bha e airson sealltainn do Sheòras na creutairean a bha nas lugha agus nas annasaiche agus bha meas mòr aig Seanair orra.

Air an t-slighe dhachaigh,
bha Seòras air a bheò-ghlacadh aig
na meanbh-bhiastagan mìorbhaileach
a chunnaic e.

An oidhche sin,
bha aislingean Sheòrais làn de sheilleanan a' seirm,
dealanan-dè a' dannsa agus seilcheagan a' slaighdeadh.

Nuair a dhùisg e, bha fadachd air Seòras airson faighinn a-mach.

CHO MÒR AIR BHOIL

Lìon e a mhàileid agus a-mach leis
gus am faiceadh e dè a lorgadh e.

Anns a' ghàrradh, chunnaic e
meanbh-bhiastagan anns gach àite!

Bha rudeigin a' sgiathalaich
seachad air aodann Sheòrais.

Dh'fheuch e ri grèim fhaighinn air...

...ach bha e

ro luath dha!

Cha robh grèim fhaighinn air meanbh-bhiastagan cho furasta sa bha Seòras an dùil.

Bha iad cho gleusta. Shaoil leis gu robh fios aca dè bha e a' dol a dhèanamh fiù mus dèanadh e sin.

Bha aig Seòras ri bhith nas seòlta
buileach airson grèim fhaighinn orra.

Cha robh e fada gus an robh e sàr-eòlach air
grèim fhaighinn iar meanbh-bhiastagan!

Le mhàileid agus a chairt loma-làn,
rinn Seòras às gu a thaigh-craoibhe.

An dèidh àite a lorg do gach botal is sileagan, bha Seòras cho pròiseil a' coimhead air na chruinnich e.

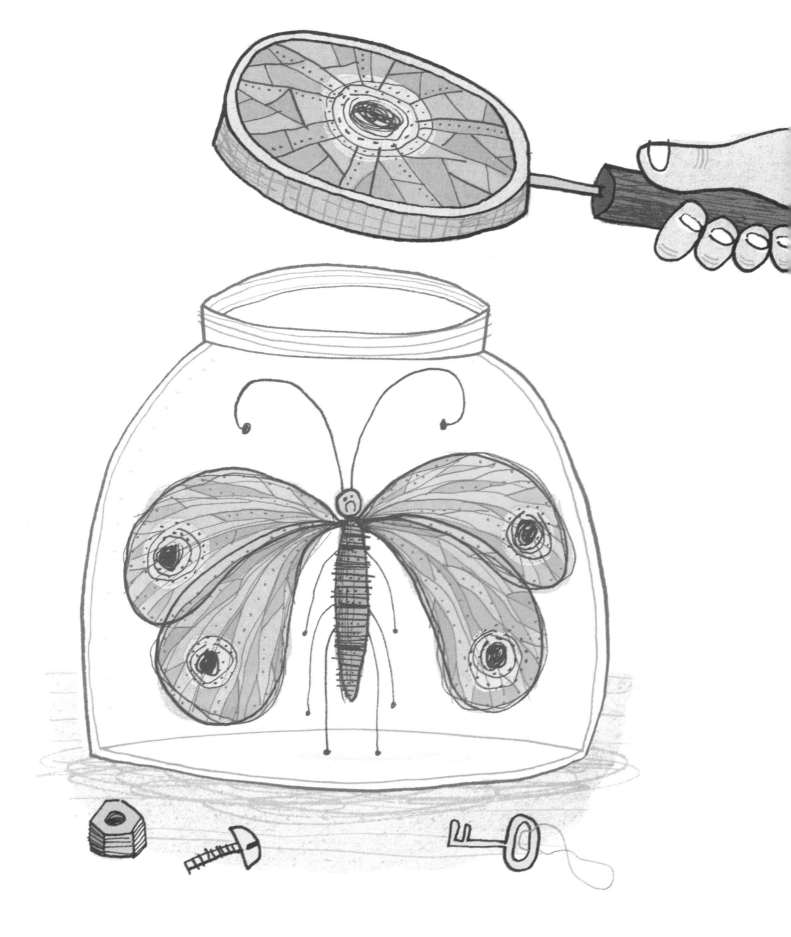

A' geur-amharc orra, chunnaic e iomadh cumadh
eadar-dhealaichte agus mòran dhiofar dhathan.

Nuair a chaidh Seòras dhachaigh gu dhìnneir,
bha a h-uile càil cho sàmhach agus ciùin.

Cha robh càil

a' seirm,

a' sgiathalaich

no a' ruidleadh.

THA E CHO SÀMHACH...

An ath latha, chaidh e air ais dhan ghàrradh a leantainn an t-sealg.

Ach bha a h-uile àite dorch is brònach.

Bha Seanair cuideachd a' gabhail iongnaidh
mu dè bha tachairt.

OOPS!

Bha e ag aithneachadh
gu robh rudeigin ceàrr.

Thuig Seanair sa mhionaid:
cha robh sgeul air na
meanbh-bhiastagan!

Air ais san taigh-chraoibh, thug Seòras sùil air a chruinneachadh. Cha robh na meanbh-bhiastagan a' coimhead toilichte.

Cha robh Seanair toilichte mas motha an uair a chunnaic
e na bha Seòras air a dhèanamh.

Bha e a cheart cho measail air meanbh-bhiastagan ri Seòras,
ach bha fios aige nach bu chòir feadhainn bheò a bhith air
an cumail ann an sileaganan agus botail.

Dh'innis Seanair do Sheòras mu na dreuchdan cudromach a th' aig meanbh-bhiastagan san t-saoghal a-muigh, gu h-àraidh anns na gàrraidhean againn.

Tha **seilleanan** a cuideachadh le bhith a' dèanamh **flùraichean** ùra a' toirt **poilein** bho aon gu fear eile.

Tha **daolagan-breac** a cuideachadh **planntaichean** le bhith ag ithe **còig cheud** biastag gach latha!

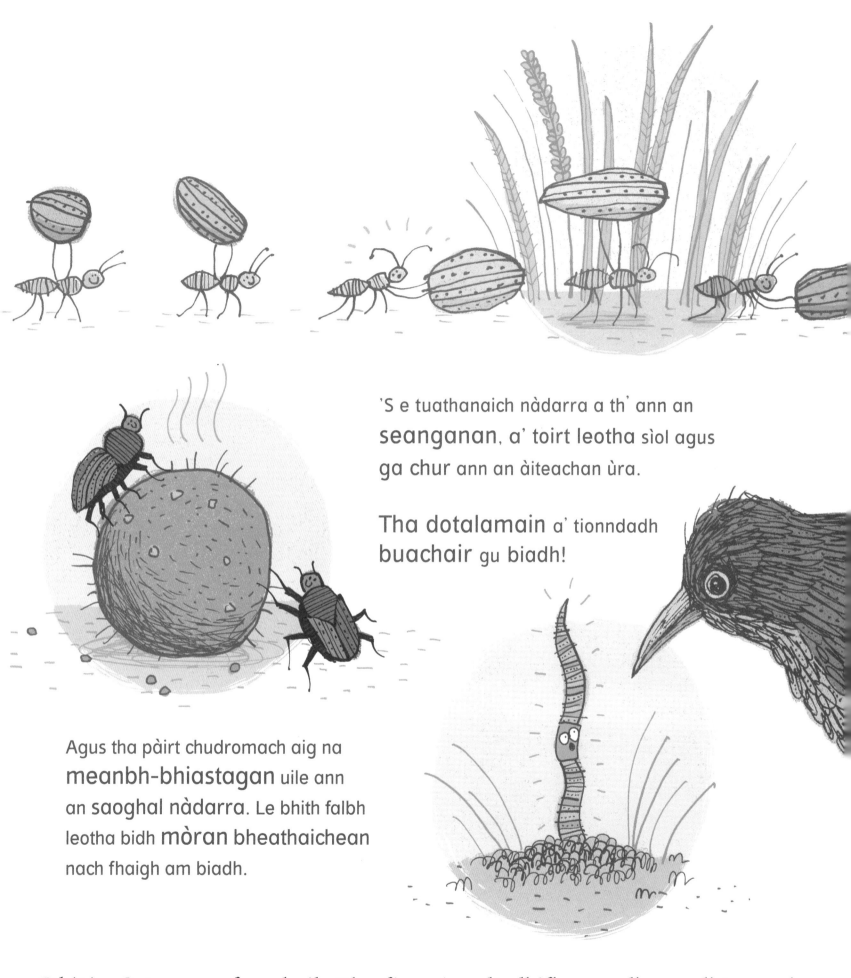

'S e tuathanaich nàdarra a th' ann an **seanganan**, a' toirt leotha sìol agus ga chur ann an àiteachan ùra.

Tha dotalamain a' tionndadh **buachair** gu biadh!

Agus tha pàirt chudromach aig na **meanbh-bhiastagan** uile ann an **saoghal nàdarra**. Le bhith falbh leotha bidh **mòran bheathaichean** nach fhaigh am biadh.

Dh'èist Seòras gu furachail. Bha fios aige dè dh'fheumadh e a dhèanamh.

Dh'fhosgail e na sileaganan,
na botail, na h-uinneagan agus
na dorsan, agus a-mach gun
dh'fhalbh nam meanbh-bhiastagan.

Bha an adhar beò a-rithist!

Bha Seòras brònach gam faicinn a falbh.

A-ha!

Ach bha fiamh-ghàire air Seanair. Thàinig smuain thuige…

Thug e greiseag, ach còmhla, dh'atharraich iad an gàrradh gu comraich mheanbh-bhiastagan dhan a h-uile duine.

Saoghal MÒR, meanbh-bhiastagan Sheòrais

Dh'aontaich Seanair agus Seòras
gur e an rud as fheàrr san
t-saoghal a bhith a' coimhead
meanbh-bhiastagan nan àrainn
nàdarrach.